H. DUHARNOIS

La Cure merveilleuse

Folie douce en Un Acte

*Représentée pour la première fois à Paris
au Théâtre-Concert de la GAITÉ-MONTPARNASSE*

3 H. 1 F.

PARIS

C. JOUBERT, Éditeur, 25, rue d'Hauteville.

Répertoire de la Société Dramatique.

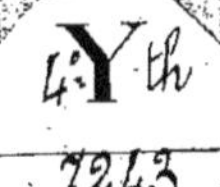

C. JOUBERT, Successeur

ÉDITEUR DE MUSIQUE

PARIS. — 25, Rue d'Hauteville, 25. — PARIS

RÉPERTOIRE

DES OUVRAGES DE CONCERT EN UN ACTE

ABRÉVIATIONS : **D.** Veut dire du répertoire de la Société Dramatique, 5, rue Hippolyte-Lebas. — Le surplus appartient au répertoire de la Société Lyrique, 19, rue Chaptal.

LOC. Veut dire : La musique n'est qu'en location et ne se vend pas.

Opérettes et Vaudevilles

AUTEURS	TITRES DES ŒUVRES	Hommes	Femmes	Prix net
Saint-Maurice	Abricot (L') d	troupe		loc
D. Campisiano	Absalon		6	
Guillemaud	Adrien n'aime pas le Piano	3	1	loc
Vallès-Garnier	Affaire Cœurdeveau (L')			loc
St-Paul-G. Rose fils	Agence est au-dessus (L')	3	3	
F. Bernicat	Agence Rabourdin (L')	7	1	5 »
Moreau	Ah ! c'te Veine d		7	loc
Japy	A huitaine	troupe		
C. Roland	Aiguilleur (L') d			loc
Bessière	A la Caserne	6	2	
Lebreton-Bouvet	A la légion étrangère d	troupe		loc
L. Bouvet	Ami Chambard (L')	3	1	loc
Bessière-Raffier	Ami Vandière (L') d	7	6	loc
Lebreton	Amour à coups de poings (L')	2	2	loc
Lebreton-St-Paul	Amour en dentelles (L')	3		loc
G. Street	Amour en livrée (L')	3	1	L »
Desormes	Amour et l'appétit (L')	3	1	
Vallès-Garnier	Amour et sauvetage	3		loc
A. Petit	Amoureux d'Yvonne (Les) d	3	3	
V. Roger	Amour Quinze-Vingt (L')	3		
Pottu, Bouley-Layrice	Amours d'un piston (Les)	3	2	loc
M. Gribinski	Annonce (L')	3		loc
Desormes	Antoine et Cléopâtre d	2		
Bessier-Moreau	Aphrodites (Les) d			loc
Dorfeuil-Moreau	Après la vie de Bohême d	troupe		loc
L. Bouvet	A propos de bottes	2		loc
J. Emmené	A qui le gosse ?	troupe		loc
Monnery-Marien	Argot tel qu'on le parle (L')		3	loc
M. Chaumagne	Arracheuse de dents (L')			
Marc Sonal	Arrêts de rigueur			loc
Burnel, Layriol, Benjardin	Artistes pour rire d	6		
Géraldy	Ascension du Mont-Blanc (L')			
L. Martin-Dubem	Auberge du Tambour battant (L')	2		loc
Oudot-de-Gorsse	Au vent qui pelote d	troupe		loc
Banès	Au Coq huppé	2	2	
Uzès	Au soleil d'or d			5 »
Lebreton-Moreau	Au temps des cerises d			loc
Guérineau	Auteur par amour			
Lebreton-Moreau	Autour d'une guérite d			loc
Henry Moreau	Avant le bal	3		
L. Rivaux et G. Dubreuil	Avarié du Mardi-Gras (L')			loc
Colrat, Marclair, Lamart	Baba Bouzouck d			loc
Daransart	Baigneur et nageuse		1	5 »
Arrigossi, Désiré Bardel	Baigneuses et cocotteville (La)	3	3	loc
Moreau	Balayeur de chez Maxime (Le) d	7	8	loc
Rose fils et Ryven	Banquier malgré lui		8	loc
Laserre	Barbe-Bleue	3	2 »	
L. Mochie	Baronne			loc
Antoos-Tranchant	Bataillon Desroches (Le) d	10	10	loc
Autigeon-Desplan	Battage (Le) d			loc
A. Moyne	Béguin d	2	1	loc
Mestre-Aubry	Belle Dinde (La) d	3	11	loc
De Marsan	Belle-mère apprivoisée (La)	4	8	loc
Lebreton-St-Paul	Belle-mère est sans pitié (La)			loc
Wachs	Bibi ou l'Enfant de l'Amour	4		loc
J. Lorda, J. Sam	Bon billet de logement (Le)	3	6	loc
7. Bouvet-F. Muffat	Bonne nuit Tardiveau			ou »
E. Bessière	Bonsoir ! d			loc
Collier-Jonllot	Boudoir discret			loc
Moreau-Gramet	Bougnol et Bougnol			loc
Villebichot	Boum ! Servez chaud		2	loc
Hubans	Brelan de bègues			

AUTEURS	TITRES DES ŒUVRES	Hommes	Femmes	Prix net
F. Bernicat	Cadets de Gascogne (Les)	troupe		7 »
Tarès	Cadiquette (La)	1	1	
Saint-Paul	Cage de l'Oncle Tom (La)	3	2	loc
breton	Caïn	3	2	loc
Javelot	Calino amoureux	2	1	3 »
Lebreton et Soudant	Camelots (Les)	6	5	loc
Chevalet-Audray	Canne d'un grand homme (La) d	2	2	loc
Lebreton-Moreau	Ça porte bonheur	5	3	loc
V. Herpin	Capricorne (Le)	troupe	3	loc
F. Barbier	Carmagnole (La)	3	3	5 »
Lebreton-Moreau	Carnaval conjugal (Le) d	3	3	loc
A. Berthon	Carnaval des 4 zarts		2	loc
Levavasseur	Carte de visite (La)	3	3	loc
Autigeon-Desplan	Cascadin et Cie	6		loc
Chabaud, Coloage-Tranchant	Ce pauvre Fobinet	2	1	loc
De Marsan	Ce Sacré Narcisse	4	4	loc
E. Soudant	Ces canailles de couturières d	6	6	loc
helu	Chambre à louer	1	2	
Cuvillier	Chambre à part d	4	2	loc
Henry Moreau	Chambre de bonne d	3	2	loc
L. Bouvet	Chanson de Florentin (La)	3	1	loc
V. Roger	Chanson des Roues (La)	3		
P. Hennion	Chanteuse par amour (La) d	»		
E. André	Chaos (Le)	1	1	
Moreau-Boucherat	Chasse royale d	troupe		loc
Lebreton-Moreau	Chasseurs Alpins (Les) d	6		loc
Cieutat	Chaste Suzanne (La) d	troupe	3	loc
H. Gilbert	Chaste Suzanne			
Yvel	Chéri des Dames	4	1	loc
Daurel, Baydel, E. Benel	Chevalier Tric-Trac (Le)	2		loc
Dourel-Roydel	Chez la Costumière d	troupe	3	loc
Meynard	Chez le dentiste	3	1	
Louillier	Chez les Corniquet	1		
Rosenquest	Chicard et Bébé	1	1	
Bomier	Chien et Chat d	1	1	
Bouley-Layrice	Choc en retour d	2		loc
L. Pouvet	Cinq a sept ! ! chez Pétronelle (La)	6	1	loc
Moreau-Gramet	Cinq conte un	3	3	loc
L. Bouvet-F. Muffat	Cinq écus de Lavarenne (Les)	4	3	loc
E. Brasseur-L.T.	Cucuille du Pierrot (La)	6	2	loc
Villebichot	Cirque Ponger (Le)	troupe	3	6 »
L. Pouvet	Clémence d'Auguste (La)	2	1	loc
Bessière	Clou (Le)	2	12	loc
L. Collin	Coco bel-Œil	3		
A. Petit	Cocotte et chiffonnier	1		
C. Bouvet	Codicille (Le)	1	1	loc
Villemer, Delormel, Péricaud	Colosse de Rhodes (Le)		4	
A. Petit	Confections pour dames	2	4	
L. Bouvet-Schmoll	Congrès des Cocotiers (Le)	5	7	loc
G. Touze H. Barbé	Coi quêtes difficiles	3	1	loc
Lebreton-Moreau	Conscrits bretons (Les) d	7		loc
L. Collin	Conscrit tyrolien (Le)	1	1	
E. Brasseur	Constat d'écuyère d	4	3	
Habrekorn et P. Marc	Cories de Piron (Les)	2	10	loc
Lebreton-Moreau	Contrôleur des Wagons-Bars (Le)	5	3	loc
Ryven	Gordon s'il vous plaît	3	3	loc
Lebreton-Moreau	Côté et Cocottes	4	4	1 »
C. Roland	Courroie (La)	1	1	loc
J. Barc et G. Habrekorn	Course aux pantalons (La) d	6	4	loc
Habrekorn	Couturière est au-dessus (La)	2	4	loc
G. Collier et V. Jomet	Couverture (La)	4	3	loc
Mize et Saintis	Crocodile a des scrupules (Le)	2	3	loc

LA CURE MERVEILLEUSE

H. DUHARNOIS

La Cure merveilleuse

Folie douce en Un Acte

Représentée pour la première fois à Paris
au Théâtre-Concert de la GAITÉ-MONTPARNASSE

3 H. 1 F.

PARIS

C. JOUBERT, Éditeur, 25, rue d'Hauteville.

Répertoire de la Société Dramatique.

LA CURE MERVEILLEUSE

Folie douce en Un Acte

De M. H. DUHARNOIS

Représentée pour la première fois, à Paris, au Théâtre-Concert de la Gaîté-Montparnasse.

PERSONNAGES

HURSOT	MM. KARL.
PAUL	MARIUS.
EUSTACHE RASONNET	MOIROUD.
MARGUERITE	Mlle DOWE.

De nos jours.

Un salon chez Hursot. Fenêtre à droite. Portes à gauche et au fond. Sur la table, une carafe et un verre. Fauteuil, chaises, etc.

SCÈNE PREMIÈRE

Marguerite, *seule.*

(Elle brode, assise près de la fenêtre entrouverte.)

MARGUERITE

Je n'aurai jamais terminé cette bourse pour la fête de Paul *(Se reprenant)* de Monsieur Paul. C'est demain.... et les glands ne sont pas commencés!.. Sera-t-il surpris !.. Si papa venait à savoir !.. *(Elle regarde par la fenêtre)* Il travaille, mais il regarde plus souvent ma fenêtre que sa statue. Ah! il m'envoie un baiser ! *(Elle baisse les yeux)* S'il se doutait que je brode une bourse à son intention, avec son chiffre!... Il me lance souvent des billets par la croisée... C'est très commode... mais je n'ai pas encore osé lui répondre ! Cette bourse sera ma réponse ! *(Un temps)* Sa dernière lettre était en vers. *(Elle tire un billet de son corsage et lit)* : « Mademoiselle, » *(La serrant vivement)* Oh ! Papa ! *(Elle se remet à travailler)*.

SCÈNE II

Hursot, Marguerite

HURSOT, *en robe de chambre, lisant son journal.*

« Et c'est pourquoi l'on craint l'attitude menaçante des puissances étrangères » *(S'interrompant)* Ah çà ! Qu'est-ce que ça peut leur faire aux puissances étrangères ? Ils sont assommants les journaux avec leurs puissances étrangères. Hein, fifille ?

MARGUERITE

Mais, papa, je ne sais pas, moi !

HURSOT

C'est vrai ! Tu ne sais pas, toi... tu es encore à l'âge heureux où l'on ne s'occupe pas des puissances étrangères ! Tu ne t'occupes que des puissances amies, hein ? Et ton père n'est-il pas ton meilleur ami ?

MARGUERITE, *se lève et va embrasser Hursot.*

Oh ! pour ça !

HURSOT

Qu'est-ce que tu brodes donc là ?

MARGUERITE

Ça ?... c'est... une bourse... pour toi !

HURSOT

Mais tu m'en as brodé une, il n'y a pas huit jours.

MARGUERITE

Cela t'en fera deux.... si tu perdais la première !

HURSOT

Ah ! tiens oui ! tu as raison ! Comme tu es prévoyante pour ta vieille ganache de père !

MARGUERITE

Oh ! papa !

HURSOT.

Et ça ? c'est le chiffre ? mais c'est un P !

MARGUERITE.

Ça ? Ah ! oui... c'est un P.

HURSOT.

Mais je ne m'appelle ni Pierre, ni Paul, je m'appelle Joseph !

MARGUERITE.

Ça ne fait rien !.. c'est bien un P... P, papa !

HURSOT.

P, papa ! c'est vrai ! Tiens, tu me gâtes trop ! Et si ta pauvre mère.... qui est là-haut...

MARGUERITE.

Oh ! père, je voudrais tant te rendre heureux !

HURSOT.

Et c'est pour me rendre heureux que tu t'es faite si belle ?

MARGUERITE, *embarrassée.*

Oui ! oui ! C'est pour... *(On entend chanter dans la cour).*

HURSOT.

Tiens, qui est-ce qui chante donc ?!

MARGUERITE.

Oh ! c'est quelque domestique dans la cour.

HURSOT, *regardant à la fenêtre.*

Mais non ! C'est cet artiste d'en face, ce jeune propre à rien ! Il doit avoir un naturel bien gai pour chanter à sa fenêtre sur une cour aussi triste ! Ah ! *(Quelque chose tombe à ses pieds)* mais il nous bombarde ! Qu'est-ce que c'est que ça ?

MARGUERITE, *se précipitant.*

C'est tombé d'en haut probablement !

HURSOT, *prenant l'objet.*

Mais c'est tout simplement un poulet à ton adresse !

MARGUERITE.

Oh ! crois-tu ?

HURSOT.

Tiens, écoute : « Mademoiselle » Je ne crois pas que ce soit pour moi !

MARGUERITE.

Je vais te dire : On se sera trompé de fenêtre.

HURSOT, *lisant.*

« Je vous aime, je vous adore, je vais aujourd'hui même demander votre main à M Hursot. » Hursot, je crois que c'est moi ! — Signé : Paul » P. Paul !.. Ah ! je comprends ! *(Sévèrement)* Marguerite, il me semble que je t'avais défendu de songer à cet artiste... à ce sculpteur !

MARGUERITE, *sanglotant.*

Hi ! Hi !

HURSOT.

Voyons, je veux savoir comment il a commencé.

MARGUERITE, *larmoyant.*

Est-ce que je sais ! Il travaillait à cette fenêtre... son atelier est là, en face .. On plonge... Il plongeait... Il plongeait toute la journée... voilà !

HURSOT.

Ah ! Il plongeait ! C'est un plongeur ?..

MARGUERITE.

Enfin, il me regardait du matin au soir, m'envoyait des baisers et puis... des lettres.

HURSOT.

Et tu les lisais ?

MARGUERITE.

Dame ! c'est généralement fait pour être lu !

HURSOT.

Jolie éducation ! Si ta pauvre mère qui est là haut...

MARGUERITE.

Mais il veut m'épouser, papa !

HURSOT.

T'épouser ! lui ! Un artiste ! un sculpteur ! O candeur ! Mais tu ne te fais pas une idée de ce que c'est qu'un artiste ! un sculpteur ! Des gens qui passent leur vie au milieu de femmes nues ! Des coureurs ! des fainéants, quoi ! Et puis il n'a pas le sou, ton monsieur.... Comment l'appelles-tu ?

MARGUERITE.

Paul !

HURSOT.

Paul quoi ?

MARGUERITE.

Je ne sais pas.

HURSOT

Tu ne sais pas ! et tu veux l'épouser ! Alors tu t'en moques ! Qu'il s'appelle Chiffroutat ou Pied-noir, ça c'est bien égal ! D'ailleurs, je ne veux plus en entendre parler. Il n'a pas de fortune... ainsi...

MARGUERITE

Mais il a du talent !

HURSOT

Comment dis-tu cela ? Du talent ? C'est bon pour les rentiers d'avoir du talent ! Enfin, je ne veux plus que tu y songes ! Je te le défends !.. tu m'entends, je te le défends ! Et pour te retirer cette idée de la tête, je vais t'annoncer que j'attends, dans quelques instants, un jeune homme... charmant, qui vient demander ta main. Ce n'est pas un artiste, lui, ni un sculpteur ! Oh ! un sculpteur ! C'est un gros industriel... qui porte un nom !.. Eustache Rasonnet, trente-cinq ou... six ans au plus, fabricant de clysos à musique.

MARGUERITE, *sanglotant.*

Non ! jamais je ne consentirai !

HURSOT

Jamais tu ne ?... Je te dis que tu l'épouseras ! Sapristi ! Un homme qui s'appelle Eustache Rasonnet et qui gagne ses dix mille francs par an à fabriquer des... ce n'est pas un sculpteur, lui !

MARGUERITE

Je ne pourrai pas !

HURSOT

Mais si, tu pourras. Il te jouera de la musique... avec lui, tu seras tout le temps dans la musique. Enfin, je le veux, tu entends !.. Il est bientôt deux heures, il va venir dans quelques instants, donne-moi ma redingote. (*Il enlève sa robe de chambre et cherche à mettre sa cravate.*) Tiens, mets-moi donc une épingle à ma cravate.

MARGUERITE

Oui, papa.

HURSOT

Monsieur Eustache Rasonnet !... Aïe ! tu me piques ! Bel âge, une po... mais tu me piques la peau ! Une position, une fortune... aïe !... et fabricant de..... Voilà comme j'avais rêvé un gendre, moi qui suis toujours échauffé...

MARGUERITE

Oui, papa !

HURSOT

Quant au sculpteur, si tu y songes encore, je te donne ma malédiction... mais tu m'enfonces l'épingle dans le cou... et je te déshérite !

MARGUERITE

Oui, papa !

HURSOT

Oui, papa !... C'est sérieux ce que je te dis là ! (*Il passe sa redingote.*)

MARGUERITE

Oui, papa !

HURSOT

Tiens ! serre-moi ma perruque par derrière et n'emmêle pas les cordons. Maintenant, assieds-toi et écoute quelques recommandations. Quand il sera là, baisse les yeux... ne le regarde pas trop... tu pourras te dédommager après... tu auras le temps de le voir tout à loisir. Ce n'est pas qu'il soit joli, joli !.. mais enfin, il n'est pas vilain, vilain ! il est même pas mal, pas mal ! Quand il commencera à faire sa demande, tu rougiras. Rougis un peu !

MARGUERITE

Mais, papa, je ne peux pas !

HURSOT

Si ! Retiens ta respiration... comme ça ! (*Jeu de scène*). Exerce-toi un peu ! Décidément, tu m'as trop serré ma perruque (*Il l'enlève*). Tu travailleras à ta tapisserie : à mes chaussons. Tu ne parleras pas. Quand il s'en ira, je te permets de lui sourire. Un peu !.. pas comme ça... (*Sourire exagéré*), non ! Comme une jeune fille candide et pure comme ça... (*Sourire stupide.*)

MARGUERITE

Oui, papa. Mais tu n'entends pas ce bruit?

HURSOT

Si ! Qu'est-ce que c'est donc ? Une invasion de Peaux-Rouges ! (*Il remonte*) La bande des Apaches !

(*La porte s'ouvre brusquement et livre passage à Paul et à Eustache qui entrent ensemble en se querellant.*)

HURSOT, *à Marguerite.*

Le sculpteur ! Sauve-toi dans ta chambre ! (*Il remet sa perruque. Marguerite sort.*)

SCÈNE III

Hursot, Paul, Eustache.

PAUL *et* EUSTACHE, *parlant exactement ensemble.*

Vous n'entrerez pas le premier !.. Vous n'entrerez pas, je vous jure ! (*Ils se toisent.*) Ah ! mais !

(*A Hursot*) Monsieur, j'ai l'honneur de vous saluer !.. Monsieur, veuillez croire que j'ai l'honneur... Je vous demande pardon, monsieur, si monsieur me force par son obstination à parler en même temps que lui, mais ce que je viens vous demander est d'une telle importance, que je ne peux pas le laisser parler le premier ! (*Ils s'arrêtent ensemble et se regardent.*)

HURSOT, *ahuri.*

Ah ça... ! Je vous en prie, parlez chacun à votre tour !... Qu'est-ce qui vous amène ?

PAUL *et* EUSTACHE, *même jeu.*

C'est... (*Un silence.*)

HURSOT

Eh bien ? Les voilà muets, à présent !..

PAUL *et* EUSTACHE, *même jeu.*

Oh ! non !.. Ce qui nous amène c'est...

HURSOT, *les arrêtant.*

Chut ! chut ! Ah ! assez ! Fermez-ça !! Vous n'allez pas recommencer à parler ensemble ! C'est insupportable ! Voyons, vous... qui avez l'air le plus intelligent... (*Il désigne Eustache*) parlez !

EUSTACHE, *lui serrant la main.*

Merci !

PAUL

Voyez-vous ça !... S'il n'a que l'air intelligent et qu'il soit... tandis que moi si je n'ai pas l'air et que je ne sois pas... Non !.. c'est pas ça que je voulais dire !

HURSOT, *à Eustache.*

Voyons, parlez !

PAUL *et* EUSTACHE, *ensemble.*

Monsieur... (*Ils se regardent et continuent*). Depuis longtemps... (*Même jeu, puis ils se jettent ensemble aux pieds de Hursot et posent tous deux leur chapeau à terre*)... J'aime mademoiselle votre fille !

HURSOT, *s'agenouillant aussi et criant.*

Mais je ne peux pourtant pas vous la donner à tous les deux !... ou la couper par la moitié ! Et encore, il y aurait dispute ! Celui qui aurait les pieds...

EUSTACHE

Il serait rudement volé !

HURSOT

Vous dites, monsieur ? (*Il se relève*). Ma fille a le pied très petit !

EUSTACHE *et* PAUL, *ensemble et criant.*

Et c'est pour cela, monsieur, que je vous demande la main de mademoiselle Marguerite !

HURSOT, *se promenant fièrement devant les deux jeunes gens toujours à genoux.*

Vous pouvez vous relever ! (*Ils se relèvent.*) Monsieur... ou plutôt, messieurs... malgré toute l'irrégularité du procédé au moyen duquel vous avez, pour ainsi dire, fait irruption dans ma maison, pour me demander la main de ma fille... qui m'est chère... qui m'est chère... (*Il tire son mouchoir. Avec feu*). Certainement ! Non ! certainement je ne contraindrai pas ses goûts !

PAUL *et* EUSTACHE, *avec un soupir de satisfaction.*

Ah !

HURSOT, *troublé, reprenant.*

Certainement ! Non ! certainement, je ne contraindrai pas ses goûts !

PAUL *et* EUSTACHE, *même jeu.*

Ah !

HURSOT, *reprenant.*

Certain... Ah ! je continue... pas ses goûts ! Ainsi, je sais qu'elle a un penchant pour vous, monsieur Paul...

PAUL

Ah ! monsieur !

HURSOT

Taisez-vous donc, vous m'interrompez tout le temps ! Je ne sais plus où j'en étais... Certainement... Ah ! je l'ai déjà dit ! Enfin, je parlais de ses goûts... eh bien, elle a en horreur la sculpture ! C'est drôle, hein ? Il y en a qui n'aiment pas la morue... eh bien, elle, c'est la sculpture ! Si vous l'aviez entendue, tout à l'heure, vous seriez déjà parti !.. « Mon petit papa chéri, je l'aimerais bien, mais je ne peux pas sentir les artistes ! et surtout les sculpteurs ! Oh les sculpteurs !.. des gens qui passent leur temps avec des... »

PAUL, *l'interrompant.*

Ah ! Oui, je la connais !

HURSOT

Avec des femmes nues ! » (*Bas et lui tapant le coude*) Car elles sont nues, hein ?

PAUL

Mais, monsieur, je sculpte les animaux !

HURSOT

Animal, va ! C'est la même chose ! Enfin, elle m'avouait que jamais elle ne consentirait. Ainsi, je vous prierai, jeune homme, de ne pas insister. (*A part*) Ça y est ! (*Haut*) Je le regrette, car pour moi, c'est tout l'opposé de ma fille, j'adore les artistes !.. les sculpteurs surtout !.. (*Lui tendant la main*) Oh ! les sculpteurs !

PAUL, *sans lui tendre la main.*

Oui ! ces hommes qui passent leur vie avec des... Oh ! je connais la phrase ! (*Sec*) Monsieur, j'ai l'honneur de vous saluer ! (*A part, au moment de sortir*) En avant les grands moyens ! (*Il sort*).

SCÈNE IV

Hursot, Eustache.

HURSOT

Enfin ! il est parti ! Ouf ! (*Redescendant*) Monsieur, je vous demande pardon de la scène qui vient d'avoir lieu. Ce jeune homme est follement épris de ma fille, mais vous comprenez que je ne puis hésiter entre lui et vous... vous si rangé, si honnête, si amoureux de ma fille !..

EUSTACHE

Oh ! pour ça !.. Va-t-elle venir bientôt, que je la voie ?

HURSOT

Vous ne la connaissez pas ?

EUSTACHE

Non ! mais je brûle de faire sa connaissance.

HURSOT

Je vais la faire venir. (*Fausse sortie*) Pourtant, j'aurais voulu vous poser quelques questions pendant que nous sommes encore seuls. Dites-moi, jeune homme... vous avez eu des maîtresses ?

EUSTACHE

Des maîtresses ?.. de quoi ?

HURSOT

Eh ?... Des maîtresses de quoi... de rien ! Ah ! Si vous voulez plaisanter, je vous préviens que le moment est mal choisi... Voyons, répondez franchement : je vous demande si vous avez connu des femmes ?

EUSTACHE

Ah ! des femmes ! (*Riant*) Moi ? Mais tout plein ! (*Changeant de ton.*) Pas du tout ! Moi ? Jamais !

HURSOT

Allons donc ! Jamais vous ne me ferez croire que jeune et beau comme vous êtes... car vous êtes jeune et beau... vous soyez resté muet aux séductions de votre blanchisseuse ou de votre femme de ménage.

EUSTACHE

Moi ? Ma blanchisseuse... c'est un blanchisseur !.. quant à ma femme de ménage, c'est ma concierge : elle a cinquante-huit ans, deux verrues, une sur le nez (*Mettant le doigt sur le visage de Hursot*) et une là...

HURSOT

C'est bon ! C'est bon ! Avec votre verrue, vous m'avez fourré le doigt dans l'œil !

EUSTACHE

Je vous ai fait mal ?

HURSOT

Au contraire ! (*A part.*) C'est un serin ! Je vais chercher ma fille. (*Il sort.*)

SCÈNE V

Eustache, *puis* Hursot *et* Marguerite.

EUSTACHE, *seul.*

Quelle drôle de maison, tout de même ! J'arrive, je rencontre dans l'escalier un grand diable de garçon qui me dit : — Vous êtes M. Eustache Rasonnet ? — Oui, monsieur, que je lui fais poliment. — Vous venez demander la main de mademoiselle Marguerite Hursot ? — Oui, monsieur, que je lui refais repoliment. — Eh bien, moi aussi ! qu'il me dit, mais vous n'entrerez pas le premier ! — Vous en êtes un autre ! que je lui rerefais, mais pas rerepoliment... Alors, nous nous... (*Entrent Hursot et Marguerite*).

HURSOT, *bas à Marguerite.*

Voyons, tâche de rougir... comme ça !... (*Haut*) Marguerite, salue Monsieur !

MARGUERITE, *à part.*

Je saurai bien le dégoûter de moi !

EUSTACHE

Mademoiselle, j'ai l'honneur de vous saluer.

HURSOT

Dis bonjour au monsieur.

MARGUERITE.

Ah ! Zut ! Tu m'avais défendu de parler !

HURSOT.

Comment ! zut ! Je t'avais dit... (*A Eustache*) Je vous demande pardon, monsieur... elle est si timide ! (*Bas à Marguerite*) Toi, tu vas recevoir une danse, tout-à-l'heure !

EUSTACHE.

Mademoiselle se fera... Je la ferai.

HURSOT.

Comment !... vous ferez ma fille ?

EUSTACHE.

Je veux dire : je ferai passer sa timidité.

MARGUERITE, *à Eustache*.

Oh ça !... tu peux te fouiller !

HURSOT.

Comment ! qu'est-ce que c'est que ce langage ? Est-ce ainsi que l'on parle au couvent ?.. car sa pauvre mère, qui est là-haut, (*Eustache regarde en l'air*) l'a fait élever au couvent des Moineaux où elle a fait de fortes études... deux prix de gymnastique !

MARGUERITE, *donnant un coup de poing sur la table*.

C'est ça qui fait des biceps !

EUSTACHE, *tressaulant*.

C'est pas une fille.. c'est un professeur de boxe !

HURSOT.

Voyons, reste tranquille, fifille ! Monsieur vient demander ta main, et comme le mariage est la plus belle institution...

MARGUERITE.

Ça c'est vrai ! Faudrait pas me parler d'autre chose !

EUSTACHE.

Ah !

HURSOT, *ébahi*.

Monsieur, je vous demande pardon, jamais je ne l'ai vue comme aujourd'hui ! C'est sans doute la surexcitation dans laquelle la met votre demande. Vous savez... à son âge... la tête se monte facilement.

EUSTACHE.

Oh ! Je comprends !

HURSOT.

C'est jeune, c'est ardent ! (*Bas à sa fille*) Ce que tu vas recevoir une danse, quand le monsieur sera parti ! (*Haut*) Voyons... maintenant que vous vous plaisez, que l'affaire est arrangée, si nous parlions un peu de choses sérieuses ! (*Ils s'asseoient*) Comment êtes-vous dans vos affaires ?

EUSTACHE.

Dans mes clysos ! Ah ! bien ! Vous savez, je ne suis pas dedans !

MARGUERITE.

Est-ce qu'ils jouent des chansonnettes ? (*Elle fredonne.*)

« C'est la couturière
« Qui d'meure su'l'devant,
« J' demeure su' l' derrière
« C'est bien différent !

(*Pendant que Marguerite chante, Hursot cherche à lui imposer silence par des signes.*)

EUSTACHE.

Même les dernières nouveautés, Mademoiselle !

HURSOT.

Voyons, vous vous éloignez de la question ! Je demandais comment va votre couturière ? (*Se reprenant*) Eh non ! votre commerce ?

EUSTACHE.

Mais très bien, très bien ! merci ! Vous savez... aujourd'hui, les affaires sont si agitées, tout est si troublé, partout ! D'ailleurs, je fournis les ministères !

HURSOT.

Les ministères !.. Il fournit des clysopompes aux ministères ! Quelle fortune ! (*Il se lève.*) Eh bien, jeune homme, puisque je vous plais...
(*A Marguerite*) que tu lui plais.
      qu'il te plaît...
(*A Eustache*)   que nous nous plaisons...
      que vous vous plaisez...

SCÈNE VI

LES MÊMES, Paul, *travesti en vieux monsieur, avec une perruque et une barbe blanche.*

PAUL, *qui a entendu les derniers mots.*

Qu'ils se plaisent !

MARGUERITE, *à part*.

C'est Paul !

PAUL.

Pardon, monsieur, de troubler une scène d'intérieur... et de conjugaison... Mon excuse est d'être père ! (*Bas à Marguerite :*) C'est moi ! secondez-moi bien ! (*Haut*) C'est à M. Hursot que j'ai l'honneur de parler ?

Hursot, *surpris.*

Oui, monsieur.

Paul

Permettez-moi me de présenter : Monsieur Durand, entrepreneur de fumisterie ! Je viens pour

Hursot, *vivement.*

Pour mes cheminées ?.. Elles ont été ramonées !

Paul

Non ! Je viens pour des renseignements confidentiels...

Hursot

Ah ! très bien ! Voulez-vous passer dans mon cabinet ?

Paul

C'est inutile, monsieur. (*Montrant Marguerite et Eustache.*) Votre famille, sans doute ?...

Hursot, *présentant.*

Ma fille et mon gendre... futur.

Paul

Charmante ! charmant !

Hursot

Très flatté ! Asseyez-vous donc, cher monsieur, et veuillez me dire ce qui vous amène.

Paul, *avec emphase.*

La chose est assez délicate... Voici ce dont il s'agit. Monsieur, il y a dans la vie des familles, comme dans celle des peuples, des crises douloureuses, qui viennent les frapper au cœur, sans qu'il soit permis à personne de protester ou de lutter. Sans me perdre dans des digressions oiseuses sur ce thème banal, je vous avouerai...

Margueritte, *frappant sur l'épaule de son père.*

Père, tu dors !

Hursot, *sursautant.*

Bravo ! Bravo ! (*Se réveillant complètement*). Je me croyais au Sénat !

Paul

En deux mots, voici le fait : Je suis le malheureux père d'un jeune homme de vingt ans, qui vient d'avoir une attaque d'aliénation mentale. Vous savez mieux que personne les ravages de cette terrible maladie..

Hursot *surpris.*

Comment !... mieux que personne ?..

Paul, *mystérieux.*

Oui, je sais tout, et voici comment. Je me suis adressé à tous les grands médecins, j'ai consulté,

demandé partout, car je veux sauver, à tout prix, ce pauvre et cher enfant !

(*Hursot se lève et lui serre la main, puis va à sa fille. Eustache se lève et serre également la main à Paul. Ils se rasseoient tous.*)

Paul

Ma requête s'est vivement propagée parmi les médecins aliénistes et, depuis quelques jours, je reçois, de toutes parts, des lettres des plus grands docteurs avec le prix de leurs soins et les résultats obtenus.

Hursot

Pardon, monsieur, mais je ne vois pas trop à quoi...

Paul

A quoi je veux en venir ? Voici !... Parmi ces offres, une seule me paraît sérieuse par les résultats obtenus : celle du docteur Noir... 500 francs, sans traces, ni rechutes... traitement facile à suivre, même en voyage... et je viens vous demander confidentiellement si je dois m'adresser à lui.

Hursot, *se levant.*

Mais adressez-vous à qui vous voudrez ! Est-ce que je sais, moi ?

Paul, *se levant.*

Ah ! pardon ! Je n'aurais pas cru vous offenser, mais la cure qu'il a opérée sur vous paraît tellement merveilleuse que je voulais prendre des renseignements.

Hursot

Hein ? La cure ?... sur moi ? Ah ça !... qu'est-ce que vous chantez donc ?

Paul

Voyez plutôt ! (*Il tire une lettre et lit*) : «... enfin, je vous citerai, parmi les cas les plus graves qui soient passés entre mes mains et dont les sujets sont parfaitement sains aujourd'hui, Monsieur Hursot, 32, rue du Gras-Double, à Paris... »

Hursot, *stupéfait.*

Comment ! Moi ?

Paul, *continuant de lire.*

« Et qui avait été abandonné par les plus grands médecins des hôpitaux, comme fou furieux et incurable. »

Hursot

Moi ? Incurable ! (*Il tombe assis.*) C'est une horreur !

MARGUERITE, à part.

Je comprends ! C'est un stratagème ! (Haut).
C'est mal à vous, monsieur, de rappeler à mon père
une phase de sa vie qu'il l'a si vivement affecté.
Pauvre père ! (Marguerite, Paul et Eustache s'empressent autour de Hursot qui suffoque.)

PAUL

Pardon, mademoiselle, mais vous comprenez
que je tiens à la santé de mon infortuné fils.... je
regrette !

HURSOT, bondit, tous reculent.

Mais je ne suis pas fou ! (Riant d'un air forcé et ce
frappant les cuisses.) Ah ! ah ! Je suis fou ! Je suis
fou ! Vous allez croire qu'il va voir !.. Non ! Il
va voir que vous allez croire !.. (Il s'embrouille)
Oh ! ma pauvre tête ! Elle danse, elle danse le can-
can, ma tête ! (Il tombe sur une chaise. Marguerite,
Paul et Eustache le regardent d'un air effaré.)

EUSTACHE, à Marguerite.

C'est une attaque qui le prend !

PAUL, à Hursot.

Monsieur, je voulais simplement vous demander
si les bains vous avaient mieux réussi que les
douches.

EUSTACHE

Les douches ! (Il va prendre la carafe sur la table.)

HURSOT

Comment les douches ?

PAUL

N'est-ce pas ainsi qu'on vous a soigné ?

HURSOT, furieux.

Ah çà ! monsieur, voulez-vous me dire un peu...

MARGUERITE, à Eustache.

Ah ! Mon Dieu ! mon père va avoir une crise !

EUSTACHE

Craignez rien ! Je tiens la carafe ! (A part.) Diable ! si le père est fou, la fille l'est sûrement aussi !

PAUL

La guérison n'a pas été radicale, à ce que je vois !

HURSOT, tout à fait furieux.

Assez ! C'est trop fort ! M'insulter ! Vous voulez
donc que je vous fasse sortir !.. Sortez !.. sinon...
(Il brandit une chaise.)

EUSTACHE, lui jettant le contenu de la carafe
à la figure.

Il est fou ! Sa fille doit l'être aussi ! Je me
sauve. (Il sort en courant.)

SCÈNE VII

LES MÊMES, moins Eustache.

HURSOT, s'essuyant la figure.

Ouf ! qu'est-ce que s'est que ça ? Une fumi-
gation ? Mon gendre ! Mais il est fou ! Me jeter
une carafe à la figure et se sauver ! (Courant après
lui.) Monsieur Rasonnet !

PAUL

Arrêtez !.. Rasonnet ! Qui ça Rasonnet ? Eustache
Rasonnet ?

HURSOT, surpris.

Oui ! Eh bien ?

PAUL

Attendez donc ! Je connais ce nom-là... un fabricant de clysos ?

HURSOT

Oui... à musique !..

PAUL

Eh bien, mais... j'ai une lettre d'un autre médecin. (Il se fouille, tire une lettre et lit.) «...Enfin,
je vous citerai, parmi les cas les plus graves qui
soient passés entre mes mains, et dont les sujets
sont parfaitement sains aujourd'hui, monsieur
Eustache Rasonnet, fabricant de....»

HURSOT, stupéfait.

Mon gendre !

MARGUERITE

Mon fiancé !

PAUL

Oui ! ce jeune homme, il était fou furieux,
paraît-il... il voulait couper tous ses amis en
petits morceaux !

MARGUERITE

C'est affreux ! Ah !

PAUL

Il avait une manie singulière... il ne pouvait
rester cinq minutes sans vous taper sur le ventre...
(Il tape sur le ventre de Hursot) et, dans un accès
de fureur, il a tué sa première femme à coups de
clyso !

MARGUERITE

Ah ! (Elle feint de se trouver mal. Hursot prend
Marguerite dans ses bras, cherche une chaise, les

renverse toutes. Paul prend Marguerite de l'autre côté et ils cherchent à la sortir par la porte du fond, mais sans y réussir. Hursot essoufflé l'abandonne à Paul.)

HURSOT

Elle se trouve mal !

PAUL, *tenant Marguerite dans ses bras.*

Moi, je la trouve bien ! (*Il l'embrasse.*)

HURSOT, *perdant la tête.*

Monsieur, je vous en supplie, rendez ma fille à la raison... non ! à ses sens !

PAUL, *étendant Marguerite dans un fauteuil et criant.*

Du vinaigre ! du vinaigre ! de l'huile ! du poivre ! du sel ! (*Hursot sort en courant. — A Marguerite qui le regarde en riant.*) Bravo ! bravo ! Vous êtes une fée !

MARGUERITE

Oh ! j'ai compris tout de suite quel était votre plan !

PAUL

Maintenant que mon stratagème a réussi à faire fuir le joli Rasonnet, il faut entreprendre votre père et lui prouver qu'il doit nous marier.

MARGUERITE

Jamais il ne consentira... surtout s'il apprend que vous vous êtes joué de lui !

PAUL

Alors, je l'hallucine, je le rends fou et je lui fais signer notre union !

MARGUERITE

Chut ! le voici !

PAUL

Oh ! quelle idée ! Levez-vous et tapez-moi dans les mains... c'est moi qui me suis trouvé mal. (*Il crie.*) Ah ! !

(*Hursot rentre. Paul a pris la position de Marguerite sur le fauteuil. Marguerite lui frappe dans les mains*).

HURSOT, *sans voir.*

Ma fille ! ma pauvre fille !

MARGUERITE, *à Hursot.*

Vite, du vinaigre ! Il se meurt !

HURSOT, *pétrifié.*

Hein ? comment ! qu'est-ce qui ?

MARGUERITE

Mais donne donc vite !

HURSOT

Mais c'est toi qui étais évanouie !

MARGUERITE

Comment moi ? Qu'est-ce que tu veux dire ?

HURSOT

Ah çà ! voyons... c'est toi qui tout à l'heure...

MARGUERITE

Mais non ! c'est lui ! Tu sais bien !.. tu l'as menacé tu lui as dit : sortez, ou je vous ... (*Elle brandit une chaise comme son père et la lui laisse retomber sur le pied. Paul râle*).

MARGUERITE, *allant comme pour verser du vinaigre sur les tempes de Paul.*

Mais c'est l'huile que tu as apportée !

HURSOT, *regardant le flacon.*

L'huile ? c'est pourtant vrai ! (*Il sort en courant*).

PAUL, *vivement.*

Maintenant, asseyez-vous là et pas un mot de ce qui vient de se passer ! (*Ils s'assoient tous deux et semblent causer tranquillement.*)

HURSOT, *rentrant avec le vinaigre et s'arrêtant stupéfait devant les deux jeunes gens.*

Oh !

PAUL, *le regarde avec étonnement, contemple la burette et dit avec beaucoup de calme.*

Vous allez faire de la salade ?

HURSOT, *sombre.*

C'est singulier ! (*Il remonte et pose la burette.*)

PAUL, *se levant.*

Je vous disais donc que monsieur Rasonnet avait la manie de taper sur...

HURSOT, *garant son ventre.*

Oui, sur le ventre... je sais !

PAUL

Et le médecin qui l'a guéri m'a dit qu'il en resterait à peine quelques petites traces.

HURSOT

Des traces !.. mais alors, je comprends !.. Quand il m'a lancé de l'eau à la figure...

PAUL

Il est probable qu'un accès venait de le prendre. Ça débute généralement ainsi : vlan, une carafe ! vlan, un coup sur le ventre ! et après, vli, vlan, à gauche ! à droite ! *(Il accompagne ses paroles de gestes. Hursot se cache derrière Marguerite.)*

MARGUERITE, *câline.*

Oh ! père, si tu aimes ta fille, tu ne me feras pas épouser...

HURSOT

Non, va, fifille, sois tranquille ! Ah ! ma pauvre enfant, j'allais faire ton malheur ! Imaginez-vous, monsieur, que j'allais faire son malheur ! son malheur ! *(Il tire son mouchoir)* Sa pauvre mère... qui est là-haut... ne me l'aurait jamais pardonné ! *(Il sanglote.)*

MARGUERITE

Voyons, père, ne pleure pas !

PAUL

Monsieur, les choses se sont arrêtées à temps, mais si ce jeune homme n'avait pas eu une attaque subite... *(Il articule sans donner de voix. Marguerite et Hursot le regardent avec étonnement. Marguerite comprend bientôt et parle à son père de la même façon. Hursot s'arrête de pleurer et les regarde avec ahurissement ; longs jeux de scène.)*

HURSOT

Ils sont fous... ou je suis sourd... ou c'est moi qui suis fou... ou eux qui sont sourds ! Non ! Eux qui sont... Mais, parlez ! Qu'est-ce que vous dites ! Ah ! ma fille, tu es sourde ! Je suis muet ! non ! tu es muette ! Ah ! ma tête éclate ! *(Il tombe assis, la tête dans ses mains.)*

MARGUERITE et PAUL

(Ils se font signe que Hursot ne les voit pas, et sortent sans bruit par la porte du fond.)

HURSOT, *seul, il levant.*

Où sont-ils ? Je ne les vois plus ! Aveugle, à présent ! *(Il arpente la chambre en renversant les chaises)* On n'a pas idée de cela ! Tout le monde fou, aveugle, sourd-muet ! C'est vrai, je ne l'aurais pas cru ! Eh bien, j'étais fou ! *(Il arrache sa perruque et s'en sert d'éventail)* Je suis fou ! je n'y comprends rien ! je ne vois rien ! je n'entends rien ! J'étais chez moi avec ma fille, j'attendais Rasonnet... Non ! Il est fou ! Il tape sur le ventre !

SCÈNE VIII

Hursot, Eustache.

HURSOT, *voyant entrer Eustache.*

Rasonnet ! Le diable l'emporte ! *(Il remet sa perruque.)*

EUSTACHE

Ah ! beau-père !

HURSOT, *garant son ventre.*

Tapez pas !

EUSTACHE

Mon cher beau-père !

HURSOT

Pas de familiarités !

EUSTACHE

Je viens d'aller aux renseignements.

HURSOT

Qu'est-ce qu'il dit ? Il divague !

EUSTACHE

J'ai appris, à côté, que ce monsieur est mon rival ! *(Hursot se gare à chaque parole de Rasonnet.)* Mais morbleu ! il me le paiera ! Un rival ! Ah ! Ah ! je le couperai en petits morceaux !

HURSOT, *mettant une chaise et la table entre lui et Rasonnet.*

Voilà sa manie qui le reprend ! Taper sur le ventre, d'abord... couper en morceaux, ensuite !

EUSTACHE

Et puis, il est fou ! Mais je le tuerai ! Je l'éventrerai ! Ce sera un combat de taureaux !

HURSOT, *bondissant par dessus la table.*

Non ! Pas de combat de taureaux ! C'est défendu !

EUSTACHE

Il m'a joué !

HURSOT

Tapez pas !

EUSTACHE

Il nous a roulés !

HURSOT

Grâce !

EUSTACHE

Ah ! monsieur, je vous en supplie, accordez-moi la main de Mlle Marguerite !

HURSOT, *découragé.*

Il n'y a rien à en tirer !

EUSTACHE

Oh ! monsieur, donnez-la moi, vous ne savez pas tout ce que peut faire un fabricant de clysos.

HURSOT

Tapez pas ! Si ! si ! Je sais ! Il peut tuer sa femme à coups de clyso... Vous donner ma fille ? Jamais ! Vous êtes fou ! Et moi aussi ! Mais qu'est-ce qu'il me raconte, depuis une heure ? Après tout, je n'entends peut-être pas... je suis bien aveugle !

EUSTACHE, *qui regarde par la fenêtre.*

Si vous êtes aveugle, regardez !

HURSOT, *à la fenêtre,*

Ma fille ! Dans les bras du sculpteur ! Non ! Je ne suis pas aveugle ! Il l'embrasse ! Petite malheureuse ! !

EUSTACHE

Ma fiancée dans les bras de mon rival ! (*Ils manquent de tomber par la fenêtre.*)

HURSOT

Marguerite, viens ici ! Tout de suite !

MARGUERITE, *de la cour.*

Oui, papa

HURSOT

Elle m'a répondu, je ne suis pas sourd ! Oh ! ma fille dans les bras d'un sculpteur ! (*Furieux*). Si vous n'étiez pas fou, je vous...

EUSTACHE

Vous me la donneriez ? Ah ! Je vous en remercie !... Maintenant, je n'en veux plus ! !

HURSOT

C'est vrai ! La voilà compromise !

SCÈNE IX

Hursot, Eustache, Paul, Marguerite.

HURSOT, *sans voir Paul et Marguerite.*

Je donnerai sa main à celui qui me débarrassera de vous, qui me rendra ma fille et qui me guérira !

PAUL

C'est moi !

HURSOT

Vous, qui avez suborné ma fille !.. Qui l'avez compromise ! Vous, un artiste, un sculpteur ! Vous donner ma fille !

PAUL, *très calme.*

J'ai votre promesse.

HURSOT, *surpris.*

Comment ?

PAUL

Si j'ai emmené mademoiselle Marguerite dans mon atelier, c'était pour provoquer chez vous une commotion violente, qui vous a rendu toutes vos facultés.

HURSOT

Comment !... c'était... ?

MARGUERITE

Tu vois bien que tu es guéri, petit père !

HURSOT

Oui ! Je suis guéri... mais, petite misérable, te voilà compromise aux yeux des voisins ! Vous étiez là, à la fenêtre, à vous bécoter !

PAUL

Aussi, je viens vous demander sa main !

HURSOT

Allons, je dois tenir ma parole ! Il m'a guéri, il me rend ma fille... Ah ! mais... et Rasonnet ?

EUSTACHE

Oh ! je me retire ! Je suis fou, moi !

PAUL

Non, restez ! Pendant que j'y suis, je veux vous guérir aussi.

EUSTACHE

Comment vous y prendrez-vous ?

PAUL

En vous racontant une histoire.

HURSOT

Intitulée ?

PAUL

LA CURE MERVEILLEUSE !

RIDEAU

Vannes. — Imprimerie LAFOLYE, 2, place des Lices. — 1902.

AUTEURS	TITRES DES ŒUVRES	Hommes	Femmes	Prix nets
Guillemaud-de Marsan	Culotte à l'envers (La) d	15	10	loc.
De Roze et d'Arsay	Culotte du marié (scène) (La)	1	»	»
H. Duharnois	Cure Merveilleuse (La)	3	1	loc.
Saint-Paul	Dame aux bluets (La)	2	2	loc.
Lebreton-Moreau	Dans cent ans d	troupe	»	loc.
Pierre Achard	Dans l'Escalier	2	1	loc.
Sourilas	Dégrafée d	3	3	»
Mestre-Aubry	Demoiselle des Martigues (La) d	3	10	loc.
Cellier-Gramet	Demoiselles Plumemboy (Les)	8	4	»
Marc Sonal-Pierre Lanrey	Départ du régiment (Le) d	5	10	loc.
St-Paul-G. Rose fils	Dernière carotte (La)	3	2	loc.
L. Lefèvre	Dernier verre (Le)	2	1	4 »
F. Barbier	Deux amours de chandeliers	1	1	5 »
F. Matz	Deux avares (Les) d	2	1	8 »
Ch. Hubans	Deux coqs vivaient en paix	2	1	6 »
F. Gracia	Deux estafiers (Les)	2	»	2 »
Vallès-Garnier	Deux femmes de M. Grochose (Les)	3	2	loc.
A. Condamin	Deux heures de retard	2	2	loc.
M. Chautagne	Deux muses (Les)	2	»	4 »
F. Barbier	Deux parfaits notaires (Les)	2	»	4 »
Hervé-Lecocq	Deux portières pour un cordon d	3	»	4 »
Gribinski	Déveine (La)	2	2	loc.
Moreau-Bouchérat	Diable au Moulin (Le)	4	8	loc.
St-Paul-G. Rose fils	Divorcerons-nous	3	2	loc.
Gramet-Talber	Doigt coupé (Le)	troupe	»	loc.
Léon Laroche	Domestique pour rire (Un)	4	1	»
G. Rose fils	Don Juan de Montmartre	3	3	loc.
Saint-Maurice	Doubles Vierges (Les) d	troupe	»	1 »
L. Bouvet-Lebreton	Drapeau du Régiment (Le)	5	4	loc.
Sourilas	Drapeau jaune (Le) d	4	2	4 »
F. Muffat-L. Bouvet	Dudule	3	2	loc.
Bouvet-Sèvre	Dupont et Dupont	4	3	loc.
St-Paul et Rosy fils	Durandard est un bon garçon	3	2	loc.
Dottin, Boulay-Layrice	Duriflard	5	1	loc.
L. Bouvet-Schmoll	Echange de bals	5	5	loc.
De Lannoy et Lions	Echarpe (L')	4	2	loc.
J. Domerc	Ecole buissonnière (L')	3	»	3 »
Boulay-Layrice	Ecole des Cocus (L')	4	3	loc.
Yver-Septmons	Eh ! Ohé ! Ladrupette ! d	2	1	loc.
Trebla-Croisier	Elle ! d	4	1	loc.
Ed. Lhuillier	Elle débute ce soir	1	1	4 »
Delaruelle	El señor Pißardino	1	1	6 »
M. de Marsan	Empire du milieu (L')	3	2	loc.
Marsay	En colonne d	troupe	»	loc.
Daunys et Morelo	Encore un déraillement	3	2	loc.
Saint-Paul	Encore une revue	4	1	loc.
Lebreton-Moreau	Enfant des halles (L') d	3	2	loc.
Jallais Hubans	Enlèvement des Sabines (L')	troupe	»	loc.
Guillemaud-de Marsan	Enfants d'Edouard (Les) d	2	3	loc.
Lebreton-Duroc	Enragés d	2	4	loc.
Gribinski	En répétition	4	3	loc.
Villebichot	Entre deux jardins	4	1	4 »
Lebreton-Duroc	Entresol d'Eugène (L') d	4	6	loc.
Garnier-Vallès	Erreur de Bridouille (L')	3	2	loc.
Bénès	Escargot (L')	2	3	6 »
A. Pajol	Esprits d'Argenteuil (Les)	5	2	loc.
P. Pottier R. Dubreuil	Estime du Concierge (L')	2	1	loc.
D. Dihau	Eternel roman (L')	1	1	4 »
Dourel-Roydel-Francl	Etrennes utiles	3	2	loc.
Garnier-Vallès	Exploits de Malichard (Les)	6	4	loc.
L. Bouvet-Ch. Darantière	Extras de Balochard (Les) d	4	4	loc.
St-Paul-G. Rose fils	Fais ça pour moi	3	2	loc.
F. Beauvallet	Faites le jeu, Messieurs d	3	1	loc.
Moreau-Gramet	Famille Nitouche (La)	3	4	loc.
L. Bouvet, J. Serry-Rosès	Family-Plage	6	4	loc.
Lebreton-Moreau	Farces du Printemps (Les) d	6	4	loc.
St-Agnan Choler	Faut du prestige (vaud.) d	3	2	loc.
Lebreton-Duroc	Faut qu'j'casse la g. à Baptiste d	5	3	loc.
G. Rose père	Faux cols d'Oscar (Les)	4	2	loc.
De Lannoy-Lions	Félicité	3	2	loc.
Flers	Femina d	troupe	»	loc.
Ch. Gabet	Femme de Valentino (La) d	2	2	loc.
Moreau	Femmes qui fument (Les) D	7	8	loc.
F. Chandoir	Fête à Claudine (La)	4	»	»
E. Duhem	Fête à M. le Maire (La)	5	2	4 »
Guillemaud	Feuille à l'envers (La) d	4	3	loc.
G. Fortin-J. Doyen	Fiançailles de Toinette (Les) d	4	1	loc.
Dorieul-Bouvet	Fiancé des Nourrices (Le) d	4	5	loc.
Javelot	Fiancés berrichons (Les)	4	1	3 »
Soulié	Fiancés du bonnet de coton (Les)	1	1	5 »
L. Vasseur	Fichue idée d	2	1	5 »
Brigliano-Talber	Fichue situation d	4	1	loc.
Lionville	Fièvre phylloxérique (La)	3	2	4 »
Beriié	Fille du charpentier (La)	3	1	3 »
Lebreton-Moreau	Fille du marin (La) d	8	7	loc.
Dourel, Roydel, E. Hervé	Filles de Corneville (Les)	4	7	loc.
Lebreton-Soudant	Filles de la Cantinière (Le d	7	4	loc.
Lebreton	Filles du Charcutier (Les)	3	3	loc.
Lebreton-Moreau	Fils à Papa (Le) d	4	7	loc.
Lebreton-Moreau	Fils de Gouape	4	4	loc.
Chaulieu et Battaille	Fils de M. Alphonse (Le) (vaud.) d	5	2	loc.
Duroc-Maillait	Five O'Clock de la Baronne	7	2	loc.
Villebichot	Fleuriste et typographe	1	1	5 »
Lebreton-Talber	Foire aux nichons (La) d	7	7	loc.
Pradels-Quinel	Fosse aux ours (La)	4	4	loc.
Lemonnier	Françoise les bas bleus d	troupe	»	loc.
Moreau-Soudant	Francs-tireurs de la mort (Les)	troupe	»	loc.
Lebreton-Boissier	Frangine (La) d	7	8	loc.
Lévy-Merset	Fantrognon d	8	11	loc.
Lebreton-Moreau	Frère de lait (Le)	1	2	4 »
Carin-Tomy	Friper's and Cie d	5	9	loc.
Lebreton-Moreau	Friquet d	9	7	loc.
Cieutat	Furet (Le)	»	1	4 »
Moreau-Touzé	Gai gai mariez-vous !	4	3	loc.
Moreau-Darsay	Gaîtés du bastion (Les)	5	3	loc.
L. Bouvet et Arribat	Garçonnière de Dutocard (La)	3	3	loc.
Seraine	Garde champêtre de Corneville (Le)	1	»	1
L. Dottin	Gendre de M. Duplantoir (Le)	3	2	loc.
Lebreton-St-Paul	Gontran se marie	3	2	loc.
B. Lebreton-Soudant	Gosse (La)	3	2	loc.
Froyez-Collas	Grand Duc Moleskine (Le) d	6	6	loc.
Lefort	Grand papa de la chanson (Le) d	1	1	3 »
Rose fils et Ryvez	Greffeur (Le)	4	3	loc.
Lebreton-Blairat	Grénouille (La) d	4	2	loc.
Hervo-Merki	Grève des Boulangers (La)	5	2	loc.
Moreau-Marcus	Grève des facteurs (La)	2	2	loc.
M.-Brisac	Guerre aux hommes (La) d	2	7	loc.
Lebreton-Nicolaie	Gueule d'Or d	6	8	loc.
Lebreton-Moreau	Héritière des Carapattas (L') d	4	4	loc.
De Marsan	Heureux gagnant (L')	4	1	loc.
G. Roland-A. de Lorde	Hermance a de la Vertu, 2 acts d	2	1	loc.
Villebichot	Hirondelles de la rue (Les)	»	2	3 »
L. Bouvet et Arribat	Homme du Parc Monceau (L')	3	2	loc.
Rose fils	Homme explosible (L')	2	2	loc.
Lebreton-Blairat	Homme pâle (L') d	4	2	loc.
Lebreton-Duroc	Hôtel d'Artistes d	troupe	»	loc.
Lebreton-Duroc	Hôtel de Noblepanne d	4	4	loc.
St-Paul-Rose fils	Hôtel des Fantômes (L')	3	1	loc.
Jarantière et Bouvet	Hôtel du lac bleu (L') d	7	6	loc.
Dourel-Roydel-Jost	Hôtel modèle d	7	7	loc.
H. Barbé-de Téramond	Huissier des bons jours (l')	3	2	loc.
Antigeon-Dourel	Hypnotiseur malgré lui (L') d	3	2	loc.
Mize-Bernède	Idées de M. Coton (Les) d	3	2	loc.
C. Roland	Il était une fois d	1	1	loc.
Bessière-De Noter	Ile de Nénuphar (L')	5	2	loc.
Briollet et Tinant	Ile Jaune (L')	»	»	loc.
De Lannoy et Lions	Indispensable (L')	2	2	loc.
Briollet et Arnould	Invalide à la tête de bois (L')	7	2	loc.
B. Lebreton et Blairat	Invalides du Mariage (Les) d	7	7	loc.
Moniot	Jacotte	1	1	5 »
Liger-Aubrun	J'ai perdu Virginie	3	1	loc.
Nargeot	Jeanne, Jeannette et Jeanneton d	2	3	8 »
Michiels	Jefque et Trinne	1	1	4 »
St-Paul	J'en ai plein le dos	2	1	loc.
Lebreton-Soudant	J'épouse ma bonne d	5	4	loc.
A. Perronnet	Je reviens de Compiègne	»	1	4 »
Yvel	Jenne homme du Tunnel (Le) d	3	3	loc.
Bernicat	Jeunesse de Béranger (La)	3	1	6 »
Lebreton-Moreau	Jocrisses du mariage (Les) d	troupe	»	loc.
J. Lebreton	Joies du divorce (Les) d	troupe	»	loc.
L. Collin	Journée aux soufflets (La)	1	1	4 »
J. Férol	J'teux de sorts (Le)	7	4	loc.
Fransois-Derys	Jules d	1	1	loc.
Herpin	Ki-Ki-Ri-Ki d	troupe	»	loc.
Soudant	Lâchée	5	1	loc.
De Marsan	Lebille est de logement	7	8	loc.
Desormes	Leçon de musique (La)	1	1	4 »
J. Clérice	Léda d	troupe	»	loc.
St-Paul	Leroy s'amuse	3	3	loc.
A. de Lorde	Lettre (La) d	1	2	loc.
Cazaneuve	Loi du pal (La) d	troupe	3	5 »
Barbé	Loup et l'Agneau (Le) d	3	3	loc.
Verneuil	Loupiot (Le)	2	»	loc.
Herpin	Lune de Miel (La) d	troupe	»	loc.
Moreau-Gramet	Ma Colonelle	2	2	loc.
Clairville fils	Madame la baronne d	1	2	4 »
Wachs	Madame le docteur	2	1	4 »
H. Monréal-H. Blondeau	Madame Méphisto d	troupe	»	4 »
Tardemo-Celval-du Théou	Madame Tubéreuse d	10	9	loc.
Lebreton-St-Paul	Mademoiselle le Docteur	3	2	loc.
V. Roger	Mademoiselle Louloute d	2	2	5 »
C. Piévet H. Piquet	Magicien (Le) d	1	1	10 »
Bessière-Marinier	Maire et Martyr d	5	2	loc.
F. Lémon-L. Schmoll	Maires	»	5	loc.
Talexy	Maître Grelot	»	1	7 »
Levavasseur	Major Baltapoil (Le)	3	4	loc.

AUTEURS	TITRES DES ŒUVRES	Hommes	Femmes	Prix net
Bouvet	Major Poriotin (Le)	4	3	loc.
Moyne-Jacquet	Mam'zelle Claudinette d	5	2	loc.
Var Nimh-Ceiva	Man'zelle Culot	troupe	»	loc.
De la Serie	Mam'zelle Pénélope d	5	7	7.»
De Charpelos-Jacquin	Mamz'elle Phryné	5	1	loc.
Frenzais	Mandat (le) d	4	2	loc.
De Lordr.-Roland	Ma Négresse d	1	2	loc.
Jan Pierre et Morel	Marquin (Le)	5	2	loc.
H. Moreau	Marchande de fleurs (la) d	7	6	loc.
Jouhava	Mariage riche	3	2	loc.
Meniot	Marianne et Jeannot d	1	2	loc.
Tollet-Frot	Marié sans l'être	4	2	loc.
Moreau-Durré	Mari jaloux (le a)	4	2	loc.
Simon	Mariés de Nanterre (Les)	4	2	4.
Beissier-Schama	Mars et Vénus	3	2	loc.
Millou	Matinée du Prince (La)	4	2	loc.
Moreau-Boucherat	Médidié (le)	4	1	loc.
Gresse-Hernald	Mâfler... d'Oscar d	3	2	loc.
E. André	Melon (Le) (monologue-saynète)	1	2	2.
De Marsan	Ménage Bleu mar. (Le)	1	1	loc.
Moreau-Darsay	Ménage Poire (Le)	2	2	loc.
Desormes	Menu de Georgette (Le)	2	2	3.»
Ch. Gabet	Mérite des femmes (Les) d	1	2	loc.
Soudan-Moreau	Mimi Vadrouille	troupe	»	loc.
P. Adam et L. de Tinny	Minuit et demi d	4	1	loc.
Lebreton-Moreau	Miss Kismy d	5	5	loc.
Beissier	Miss Million d	troupe	»	loc.
Mayrargue	Modern Sky	4	2	loc.
Besnier-Moreau	Mme aux Camélias (La) d	troupe	»	loc.
Bessière-Ruffier	Mme aux grands yeux (La) d	4	1	loc.
Chauvaigne	Monsieur Auguste d	4	1	3.»
De Marsan	Monsieur Babolin	4	»	loc.
De Marsan	Monsieur ar de chez Maxim's (Le)	3	3	loc.
Paul Vallès	Monsieur Outregnon	4	2	loc.
E. Bessière	Monsieur l'Inspecteur	4	»	loc.
Garnier-Vallès	Monsieur ma belle mère	2	3	loc.
L. Rivaux	Monsieur Pâlemolle	2	2	loc.
Lebreton-Moreau	Monsieur Sans Gêne d	troupe	»	loc.
A. Martin-A. Boyen	Mort vivant (Le) d	»	»	loc.
Blairat-Neuzillet	Mouche (La) d	5	7	loc.
Moreau-Touzé	Mouche du Coche (La)	4	2	loc.
Pariol-Chanteclair-Couvreard	Moulin d'Amour (Le) d	5	3	8.»
Joly	Myope et presbyte d	1	1	4.»
Desormes	Nègre de la Porte St-Denis (Le)	3	3	3.»
A. Dottin et G. Touzé	Nègre pour rire	3	2	loc.
Dorfeuil-Moreau	Nez de Cyrano (Le) d	troupe	»	loc.
E. Lhuillier	Nez enchanté (Le)	1	1	3.»
Lebreton-Blairat	Ninie la Rouquine d	5	3	loc.
Herpin	Noce à Grosponlot (La)	5	7	loc.
F. Barbier	Noce à Suzon (La)	1	1	4.
E. Bessière-Noter	Noces de Lambiston (Les)	5	2	loc.
L. Collin	Noces d'or (Les)	2	1	5.»
Sachs-Damiens-Neuzillet	Nombrikatus 1er D	5	7	loc.
Moreau-Rivaux	Nommé Laluche (Le)	1	2	loc.
De Marsan	Non Lieu d	3	»	loc.
Bouvet-Darantière	Nos bons touristes d	6	4	loc.
Lebreton-Beissier	Nos Marsouins en Chine d	7	4	loc.
Moreau-Gramet	Nos petites Chattes	3	3	loc.
Dorfeuil-Guillemaud-Duharnois	Nos pioupious d	6	4	loc.
Lebreton-Moreau	Nos voisins d	6	6	loc.
V. Roger	Nourrice de Montfermeil (La)	2	3	6.»
Ch. Gabet	Nouvel Achille (Le) (vaud.) d	5	1	loc.
Tonze Prud'homme	Nuit de Noces de Beauflanchet	6	4	loc.
Jacobi	Nuit du 15 octobre (La) d	3	1	5.»
Rose père	Omelette au lard (L')	4	2	loc.
Dédé fils	Oncle et Neveu	4	»	3.»
Louis Bouvet	Oncle Maboulin (L')	4	4	loc.
Marc-Sonal-Gréhon	On demande des jolies femmes d	6	11	loc.
St. Paul	On parle Anglais	5	6	loc.
Bessière-Ruffier	Ordonnance Bézuchet (L')	2	2	loc.
St-Paul-G. Rose fils	Ordonnance malgré lui	3	2	loc.
Berthelot-Roland	Othello chez Thaïs d	4	10	loc.
Paera Emmecé	Où est le père	8	4	loc.
Dufils	Paille et la Poutre (La)	»	2	6.»
Boulay-Layrice	Palmé D	4	5	loc.
Billemont	Pantalon de Casimir (Le) d	1	1	6.»
A. Petit	Par autorité de Justice d	7	9	loc.
L. Rivaux	Parachute (Le)	3	2	loc.
Dorfeuil-Moreau	Paris aux Courses d	troupe	»	loc.
Febvre-Gréhon	Paris sans tailleurs	7	7	loc.

AUTEURS	TITRES DES ŒUVRES	Hommes	Femmes	Prix net
F. Barbier	Par la fenêtre	1	2	4.»
Lambert-Lebreton	Par la Gymnastique d	2	2	loc.
Henry Moreau	Partie de campagne d	troupe	»	loc.
Ed. Lhuillier	Pasquinette	5	3	loc.
Bénédit-Jancourt	Pays Vierge (le) d	5	1	loc.
De Marsan	Peau Neuve d	3	3	loc.
Rose fils	Peinture de talent	4	1	loc.
Moreau-Darsay	Pension Carabin (La)	4	4	loc.
Bouvet	Pensionnat St-Amour (Le)	4	4	loc.
Albert Lambert	Père Suroit (Le) d	3	2	loc.
Offenbach-Rhynes	Périchole (Parodie de Périchole)	2	1	2.50
Lebreton-St-Paul	Péril jaune (Le)	5	2	loc.
Perrault-Maty	Perruche de ma femme (La) d	4	2	loc.
Trébliat-St-Cyr	Personne	2	1	loc.
Bouvet-Schmoll	Petit Atenn-moir (Le) d	6	6	loc.
B. Lebreton	Petit dictionnaire (Le)	4	3	loc.
L. Collin	Petit Spahi (Le)	5	2	loc.
Lebreton-Moreau	Petite baronne (la) d	6	3	loc.
Gipas	Bille bête vit encore (La) d	1	9	4.»
Moreau-St-Cyr	Petite Carmen (la) d	9	10	loc.
Lebreton-Moreau	Petite colonelle (La) d	7	3	loc.
Grabinski	Petite Étoile	3	»	loc.
L. Bouvet-St-Paul	Petite Fifi (La)	3	3	loc.
Lebreton-Moreau	Petites Menichons (Les) d	troupe	»	loc.
A. Petit	Petites lapines (Les) d	4	5	loc.
Mauroy et Jimbu	Petits Trottins (Les) d	5	6	loc.
Lebreton-Moreau	Petits Zouzous (Les)	troupe	»	loc.
J. Alarice	Phrynett d	5	2	loc.
Cétral-Taicret-Gibard	Pichard d	3	2	loc.
André	Picolin d	3	»	2.
Lebreton-Beissier	Piston de Clémentine (Le)	3	2	loc.
Schmoll	Piton	3	2	loc.
H. Alaxoine	Plumechat et Cie d	3	6	loc.
H. Barbé	Plus que 1089 jours	3	»	loc.
F. Barbier	Points jaunes (Les)	1	1	5.»
Deslosser-Piccolini	Pommes d'amour (Les)	6	4	loc.
Cinoh-Veydellet	Pompier d'Endorme (Le) d	troupe	»	loc.
Gressel-Bernard-Letarey	Pompier d'Ernestine (Le) d	2	2	loc.
Aubigeon-Dourel	Poste restante 222 d	4	3	loc.
F. Barbier	Poupée automate (La)	1	1	5.
St-Paul-G. Rose fils	Pour avoir la fille	4	3	loc.
Fay	Pour qui le goûte?	2	3	loc.
Lebreton-St-Paul	Pour qui vota-t-on?	4	2	loc.
A. Lambert	Première brouille (La) comédie	»	1	loc.
Coutaret	Premières amours d	4	1	loc.
F. Barbier	Premières armes de Parny (Les)	1	3	5.»
G. Rose fils-H. Ryvan	Prestige de l'uniforme (Le)	4	2	loc.
Moreau	Professeur de chant (Le)	1	1	3.»
De Ste-Croix	Pygmalion d	1	2	4.
Lebreton	Quatre hommes et un Caporal	5	3	loc.
Garnier-Héros	Queue du Diable (La) d	troupe	»	loc.
Delilia-Héros	Qui va à la Chasse	1	1	loc.
L. Collin	Qui se dispute s'adore	1	1	5.»
Ch. Lecocq	Rajah de Mysore d	troupe	»	5.»
Villebichot	Réponse du Berger (La)	1	1	4.»
Millou	Repos du dimanche (Le) d	2	1	loc.
Moche	Retour de Colombine (Le)	2	1	loc.
Jacoutot	Retour de Kerdrec (Le)	2	1	loc.
Meugé	Retour de Margotte (Le)	1	1	loc.
L. Collin	Retour de Musette (Le)	1	1	loc.
Antigeon-Dourel	Revanche de Verluisant (La) d	5	2	loc.
De Marsan	Revenant de la rue de la Pompe (Le)	5	5	loc.
Aubigeon-Daniel-Reydel	Revenants (Les) d	3	3	loc.
Marnèle-A. de Lorde	Rêves d'un soir	1	1	loc.
Lebreton	Revue à l'envers (La)	4	4	loc.
St-Paul	Revue interdite	4	4	loc.
Guillemand	Rien des agences d	3	2	loc.
Lhuillier	Risette	»	1	1.
Ch. Thony	Robes et Manteaux d	5	3	loc.
F. Chandoir	Roi Claquette (Le) d	3	3	6.
Yvel et Briollet	Roi Koku (Le)	troupe	»	loc.
Desormes	Roland-Furieux	3	1	5.»
L. Desormes	Romance impossible (La)	2	2	loc.
Bussach	Rosière de Valentino (La) d	2	3	loc.
Michiels	Rosière d'Interlaken (La)	4	3	loc.
Ch. Gabet	Rây Black (v.) d	7	3	loc.
Clemens	Saint-Yvon (La) d	2	3	loc.
L. Rivaux	Sacré jour de l'an	[illegible]	[illegible]	loc.
L. Bouvet-J. Arthal	Sacré Jules	[illegible]	[illegible]	loc.
Briollet-Tinant	Sacré Vermillon	[illegible]	[illegible]	loc.
L. Dottin	Sauvage malgré lui	[illegible]	[illegible]	loc.
Ch. Lecocq	Sauvons la caisse d	[illegible]	[illegible]	loc.
Natial-Tabie-Bessier	Septième Escouade (La) d	[illegible]	[illegible]	loc.
Darantière-Bouvet	Sergent Sans Souci (L') d	[illegible]	[illegible]	loc.